U0112952

從政録

（明）薛瑄

孔子曰：『不患無位，患所以立。』惟親歷者知其味。余忝〔一〕清要〔二〕，日夜思念，于職事萬無一盡，況敢恣肆于禮法之外乎？

程子書『視民如傷』四字于座側，余每欲責人，嘗念此意而不敢忽。

凡國家禮文制度法律條例之類，皆能熟觀而深考之，則有以酬應世務而不戾〔三〕乎時宜。

作官者于愚夫愚婦，皆當敬以臨之，不可忽也。

學者大病在行不著，習不察，故事理不能合一。處事即求合一，處事即求合理，則行著習察矣。

處事最當熟思緩處。熟思則得其情，緩處則得其當。

一字不可輕與人，一言不可輕許人，一笑不可輕假人。

至誠以感人，猶有不服，況設詐以行之乎？

防小人密于自修。

事最不可輕忽，雖至微至易者，皆當以慎重處之。

丙吉深厚不伐，張安世謹慎周密，皆可爲人臣之法。

論萬事皆當以三綱五常爲本。學者之所講明踐履，仕者之所表倡推明，皆當以三綱五常爲本。捨此則學非所學，仕非所仕也。

接物太宜含弘，如行曠野，而以展布之地，不然太狹，而無

以自容矣。

左右之言不可輕信，必審是實。

爲政通下情爲急。

愛民而民不親者，皆愛之未至也。《書》曰：『如保赤子。』誠能以保赤子之心愛民，則民豈有不親者哉？

正以處心，廉以律己，忠以事君，恭以事長，信以接物，寬以待下，敬以處事，此居官之七要也。

士之氣節，全在上之人奬激，則氣節盛。苟樂軟熟之士，而惡剛正之人，則人務容身，而氣節消矣。

爲官者切不可厭煩惡事，坐視民之冤抑，一切不理，曰：『我務省事。』則民不得其死者多矣，可不戒哉！

作一事不可苟。

必能忍人不能忍之觸忤，斯能爲人不能爲之事功。

與人言宜和氣從容，氣忿則不平，色厲則取怨。

處人之難處者，正不必厲聲色與之辨是非、較長短，惟謹于自修，愈謙愈約，彼將自服。不服者妄人也，又何校焉？

爲官最宜安重。下所瞻仰，一發言不當，殊愧之。

張文忠公曰：『左右非公故勿與語。』予深體此言，吏卒輩，不嚴而栗然也。

待下固當謙和，謙和而無節，及納其悔，所謂重巽吝也。惟和而莊，則人自愛則畏。

愼動當先愼其幾于心，次當愼言愼行愼作事，皆愼動也。

聞人毀己而怒，則譽己者至矣。

法立貴乎必行，立而不行，徒爲虛文，適足以啓下人之玩而已，故論事當永終知弊。

爲人不能盡人道，爲官不能盡官道，是吾所憂也。

使民如承大祭，然則爲政臨民，豈可視民爲愚且賤，而加慢易之心哉？

處事了，不形之于言猶妙。

嘗見人尋常事處置得宜者，數數爲人言之，陋亦甚矣。古人功滿天地，德冠人群，視之若無者，分定故也。

如治小人，寬平自在，從容以處之，事已，則絶口不言，則小人無所聞以發其怒矣。

膽欲大，見義勇爲；心欲小，文理密察；智欲圓，應物無滯；行欲方，截然有執。

事事不放過，而皆欲合理，則積久而業廣矣。

養民生，復民性，禁民非，治天下之三要。

治獄有四要：公、慈、明、剛。公則不偏，慈則不刻，明則能照，剛則能斷。

大丈夫以正大立心，以光明行事，終不爲邪暗小人所惑而易其所守。

疾惡之心固不可無，然當寬心緩思，可去與否，審度時宜而處之，斯無悔。切不可聞惡遽怒，先自焚撓，縱使即能去惡，己亦病矣。況傷于急暴，而有過中失宜之弊乎？經曰：『忿

疾于頑。』孔子曰：『膚受之訴而不行。皆當深味。

輕與必濫取，易信必易疑。

韓魏公、范文正諸公，皆一片忠誠爲國之心，故其事業顯著，而名望孚[四]動于天下。後世之人，以私意小智自持其身，而欲事業名譽比擬前賢，難矣哉！

成王問史佚曰：『何德而民親其上？』史佚曰：『使之以時，而敬順之，忠而愛之，布令信而不食言，如臨深淵，如履薄冰。』此名言也。

以己之廉，病人之貪，取怨之道也。

作事祇是求心安而已，然理明則知其可安者安之，理未明則以不當安者爲安矣。

聖人爲治，純用德而以刑輔之，後人則純用法術而已。

以其能治不能，以其賢治不賢，設官之本意不過如此，有官威剥民以自奉者，果何心哉？

去弊當治其本。本未治而徒去其末，雖衆人之所暫快，亦賢知之所深慮矣。

人皆妄意于名位之顯榮，而固有之善，則無一念之及，其不知類也甚矣。

機事不密則害成，《易》之大戒也。

爲善勿怠，去惡勿疑。

恭而不近于諛，和而不至于流，事上處衆之道。

世之廉者有三：有見理明而不妄取者，有尚名節而不苟

取者，有畏法律保禄位而不敢取者。見理明而不妄取，無所爲而然，上也；尚名節而不苟取，狷介之士，其次也；畏法律保禄位而不敢取，則勉强而然，斯又爲次也。

一毫省察之不至，即處事失宜，而悔吝隨之，不可不慎。

處事當沈重詳細堅正，不可輕浮忽略，故《易》多言『利艱貞』。蓋艱貞則不敢輕忽，而必以其正，所以吉也。

天下大慮，惟下情不通爲可慮。昔人所謂下有危亡之勢，而上不知是也。

不欺君，不賣法，不害民，此作官持己之三要也。

人遇拂亂之事，愈當動心忍性，增益其所不能。所行有窒礙處，必思有以通之，則智益明。

下民之冤抑不伸者，由長人者之非人也。

不虐無告，不廢困窮，聖人之仁也。

一命之士，苟存心于愛物，必有所濟。蓋天下事莫非分所當爲，凡事苟可用力者，無不盡心其間，則民之受惠者多矣。

勿以小事而忽之，大小必求合義。

臨屬官，公事外不可泛及他事。

無輕民事，惟難，無安厥[五]位，惟危，豈惟爲人君當然哉？凡爲人臣者，亦當守此，以爲愛民保己之法也。

王伯之分，正在不謀利、不計功與謀利計功之分。

處事識爲先，斷次之。

作官常知不能盡其職，則過人遠矣。

孔子曰：『死生有命，富貴在天。』是皆一定之理。君子知之，故行義以俟命〔六〕；小人不知，故行險以僥幸〔七〕。

法者輔治之具，當以教化爲先。

止末作，禁游民，所以敦財利之源；省妄費，去冗食，所以裕財利之用。

《春秋》最重民力，凡有興作，小大必書，聖人仁民之意深矣。

凡事分所當爲，不可有一毫矜伐之意。

伊傅周召王佐，事業大矣，自其心觀之，則若浮雲之漠然，無所動其心。

清心省事，爲官切要，且有無限之樂。

犯而不校最省事。

人好静而擾之不已，恐非爲政之道。

名節至大，不可妄交非類，以壞名節。

守官最宜簡外事，少接人，謹言語。

與人居官者言，當使有益于其身，有益及于人。

天之道，公而已。聖人法天爲治，一出于天道之公，此王道之所以爲大也。

霍光小心謹慎，沉静詳審，可以爲人臣之法。

亦有小廉曲謹，而不能有爲，于事終無益。

凡事皆當推功讓能于人，不可有一毫自得自能之意。

大臣行事，當遠慮後來之患，雖小事不可啓其端。

雖細事亦當以難處之，不可忽，況大事乎？

所謂王道者，其實愛民如子，孟子所謂『老吾老，以及人之老；幼吾幼，以及人之幼』。上以是施之，則民愛之如父母者，有必然矣。

民不習教化，但知有刑政，風俗難乎其淳矣。

惠雖不能周于人，而心當常存于厚。

孔子曰：『斯民也，三代直道而行也。』是則三代之治，後世必可復。

唐郭子儀竭忠誠以事君，故君心無所疑。以厚德不露圭角處小人，故讒邪莫能害。

處大事貴乎明而能斷，不明固無以知事之當斷，然明而不斷，亦不免于後艱矣。

聖賢成大事業者，從戰戰兢兢之小心來。

好善優于下，若自用己能，惡聞人善，何以成事功？

聖人子民之心，無時而忘。

于人之微賤，皆當以誠敬待之，不可忽慢。

爲治，捨王道，即是霸道之卑陋。聖賢寧終身不遇孔孟，不自貶以徇時者，爲是故也。

《書》言：『罰弗及嗣，賞延于世。』此聖人之仁心也。故賞當過于厚，而刑不過于濫。

出處去就，士君子之大節，不可不謹。《禮》曰：『進以禮，退以義。』孔子曰：『有命。』孟子不見諸侯，尤詳于進退

之道。故出處去就之節，不可不謹。

選注：

〔一〕忝：謙詞，有愧于。

〔二〕清要：指職司重要而政務不繁的官職。

〔三〕戾：此處爲違反之意。

〔四〕孚：信服。

〔五〕厥：他的，他們的。

〔六〕俟命：等待天命。

〔七〕僥幸：指由于偶然原因而成功或免去灾禍。

庭竹　劉禹錫

露滌鉛華節，風搖青玉枝。依依似君子，無地不相宜。

庚辰十二月沈維垣

之道。故出處去就之節，不可不謹。

選注：

〔一〕忝：謙詞，有愧于。

〔二〕清要：指職司重要而政務不繁的官職。

〔三〕戾：此處爲違反之意。

〔四〕孚：信服。

〔五〕累：危害，危害的。

〔六〕俟命：等待天命。

〔七〕僥幸：指由于偶然原因而成功或免去災禍。

州縣提綱

（宋）陳　襄

卷一

潔己

居官不言廉。廉，蓋居官者分内事。孰不知廉可以服人，然中無所主，則見利易動。其天資黷貨〔一〕，竊取于公，受賂于民，略亡忌憚者，固不足論。若夫稍知忌憚者，則曰：『吾不竊取于公，受賂于民足矣。』吏呈辭訟，度有所取，則曲從書判。未幾，責置縑帛，虚立領直，十不償一。私家飲食，備于市買，縱其强掠于市，不酬其錢；役工匠，造器用，則不給衣食；勒吏輸具，以至燈燭樵薪，責之吏典。似此者不一而足。雖欲避竊取受賂之名，不知吏之所得，非官司欺弊，則掊民膏脂。吾取于此，與竊取受賂何异？思人生貧富固有定分，越分過取，此有所得，彼必有虧。况明有三尺，一陷貪墨，終身不可洗濯。故可飢、可寒、可殺、可戮，獨不可一毫妄取。苟有一毫妄取，雖有奇才异能，終不能以善其後。故爲官者，當以廉爲先，而能廉者，必深知分定之説。

選注：

〔一〕黷貨：指貪污納賄。

平心

事惟公平可以服人心。或者畏首畏尾，欲爲自全之計，每憚豪强之劫持，至于曲法徇情，使小民有冤而亡〔一〕告。有欲

矯是弊者，又一切以抑强扶弱爲主，而不問乎理之曲直，不知富室之賢而安分者固多，貧民亦有無顧藉而爲惡者。在我不先平其心，而有意于抑强扶弱，則富者憎而不知其善，貧者愛而不知其惡，其弊必至于佃者得以抗主，無藉之人得以陵辱衣冠，甚而奸猾之徒有故爲襤褸之狀，以欺有司者。要知天下之事，惟其是而已，詎可必于抑强，亦豈可必于治弱？惟平心定氣，因是非而論曲直，則事不失之偏，而人心得其平矣。

選注：

〔一〕亡：通『無』。

專勤

今日自一命以上，孰不知作邑〔一〕之難？既知其難，要當專心致志，朝夕以思，自邑事外，一毫不可經意，如聲色飲燕不急之務，宜一切屏去。蓋人之精力有限，溺于聲色燕飲，則精力必減，意氣必昏，肢體必倦，雖欲勤于政而力不逮。故事必廢弛，而吏得以乘間爲欺。昔劉元明〔二〕政爲天下第一，問其故，則不過曰：『日食一升飯，不飲酒，爲作縣第一策。』誠哉是言！

選注：

〔一〕作邑：指做縣令。

〔二〕劉元明：南北朝時官員，政績卓著，被定爲當時的楷模縣令。

奉職循理

爲政先教化，而後刑責，寬猛適中，循循不迫，俾民得以安

居樂業，則歷久而亡弊。若矜用才智，以興立爲事，專尚威猛，以擊搏其民，而求一時赫赫之名，其初固亦駭人觀聽，然多不能以善後。歷觀古今，其才能足以蓋衆者固多矣，然利未及民而傷者已多。故史傳獨有取于循吏者，無他。《索隱》所謂『奉職循理，爲政之先』是也。

節用養廉

仕宦有俸給之薄者，所得不償所用。資産優厚，猶有可諉，若資産微薄，悉藉俸給，而乃用度不節，日用飲食衣服奴婢之奉，便欲一一如意，重之以嫁娶之交迫，必至窘乏。夫平昔奢侈之人，一旦窘乏，必不能堪，窺竊之心，繇〔一〕是而起。猾吏彌縫其意，又從而餌之，一旦事露，失位辱身，追悔莫及。故欲養廉，莫若量其所入，節其所用，雖粗衣糲〔二〕食，節澹度日，然俯仰亡愧，居之而安，履之而順，其心休休，豈不樂哉！

選注：

〔一〕繇：通『由』。

〔二〕糲：粗米。

勿求虚譽

有實必有名，虚譽暴集，則毁言隨至矣。居官有欲沽虚譽而覬美職者，民本安静，必欲興事改作，以祈上官之知；奸猾當治，必欲曲法庇護，以悦小人之意。以至修飾厨傳，厚賂過客，甚則爲矯激不情之事。外欲釣君子之名，而内實市輩之不若。此心一起，則朝夕之所以經營擾擾者，無非爲名。其實，

亡一毫實利及下。非惟名不可得，且適足爲識者之譏。豈知官職固有自分，詎可以沽名得？是是非非，久而自定，要當盡其在我，而民被實惠足矣。

防吏弄權

胥吏之駔儈[一]奸黠者，多至弄權。蓋彼本爲賕[二]賂以優厚其家，豈有公論？若喜其駔儈而稍委用之，則百姓便以爲官司曲直皆出彼之手，彼亦妄自誇大以驕人。往往事亡巨細，俱輻凑之，甚至其門如市，而目爲立地官人者。彼之賄賂日厚，而我之惡名日彰，殊不知官長本不知也。凡事宜自察其實，自執其權，不可徇吏。

選注：

〔一〕駔儈：指牲畜交易中的經紀人。駔，馬。儈（音快），經紀人。

〔二〕賕（音球）：賄賂。

同僚貴和

同僚宜和，而不和者，多起于廳吏之間諜。彼此胸中蘊蓄，不曾吐露，至有一發而遽傷和氣，不可不察。始至須明以此相告語，凡有嫌疑，宜悉面白，毋包藏怒心，以中廳吏之奸計。間有凶險不可告語者，宜待之以禮而優容之，使彼潛消其狠戾足矣。若戞戞焉與之相較于是非之間，則我與彼一等人耳。

防閑子弟

凡在官守，汩[一]于詞訟，窘于財賦，困于朱墨，往往于閨

門之内，類不暇察，至有子弟受人之賂而不知者。蓋子弟不能皆賢，或爲吏輩誘以小利，至累及終身。昔王元規爲河清縣，軍民歌咏，以民吏不識知縣兒爲第一奇。故子弟當絶見客，勿出中門，仍嚴戒吏輩不得與之交通，又時時密察之，庶幾亡弊。不然，則禍起蕭墻矣。

選注：

〔一〕汩（音古）：亂，擾亂。

嚴内外之禁

閫門内外之禁，不可不嚴。若容侍妾令妓輩教以歌舞，縱百姓婦女出入貿易機織，日往月來，或啓子弟奸淫，或致交通關節。蓋外人睹其出入深熟，囑之以事，彼有所受，訟至有司，事干閫門，尤難施行。要在責閽人禁止，仍常加察，不然，恐有意外之事。

防私覿〔一〕之欺

凡醫術游謁之士，固不能絶其謁見，然謁見之數不能亡嫌。間有私覿者，必接于公廳，蓋十目所視，可防其妄以關節欺人。頃年嘗睹一術士受賂于袖，詐言以與官人傍，則令所賂之人遠觀，彼見其接之私室，與之私語，以爲誠，然迨至興訟，無以自明矣。

選注：

〔一〕覿（音笛）：相見。《荀子·大略》：「私覿，私見也。」

戒親戚販鬻

士大夫閑居時，親戚追陪，情意稠密。至赴官後，多私販貨物，假名匿税，遠至官所以求售。居官者以人情不可却，或館之廨舍[一]，或送之寺觀，以其貨物分之，人吏責之牙儈[二]，而欲取數倍之利，甚則縱其交通關節，以濟其行。一旦起訟，咎將誰歸？要當戒之于未至之先，或有爲貧而來者，宜待之以禮，遺之以清俸，亟遣之歸，毋令留滯。

選注：

〔一〕廨舍：官署、官舍。

〔二〕牙儈：即牙人，舊時集市中爲買賣雙方撮合生意并抽取傭金的人。

責吏須自反

今之爲官者，皆曰：吏之貪不可不懲，吏之頑不可不治。

夫吏之貪頑，固可懲治矣，然必先反諸己以率吏。夫富者不爲吏，而爲吏者皆貧，仰事俯育，喪葬嫁娶，凡欲資其生者，與吾同耳。亡請給于公，悉藉贓以爲衣食。大夫受君之命，食君之禄，尚或亡厭，而竊于公，取于民，私家色色，勒吏出備，乃反以彼爲貪爲頑，何耶？故嘗謂，惟圭璧其身，纖毫無玷，然後可以嚴責吏矣。

燕會宜簡

爲縣官者，同僚平時相聚，固有效郡例，厚爲折俎[一]，用妓樂倡優，費率不下二三十緡[二]者。夫郡有公帑，于法當用。縣家無，合用錢不過勒吏輩均備耳。夫吏之所出，皆民膏脂，以民之膏脂而奉吾之歡笑，于心寧亡愧？兼彼或匱乏，典衣質糯

以脱捶楚〔三〕，吾雖歡笑于上，而彼乃蹙頞〔四〕于下。况郡有郡將，如家有嚴君，子弟不敢狎，縣家同僚彼此如兄弟，用妓之數，必至于褻，終招謗議。故縣官于公退休沐之暇，宜以清俸爲文字飲，不妨因而商榷職事，物雖不足，而情有餘矣。

選注：

〔一〕折俎：此處指美味食物。

〔二〕緡：指成串的錢，一千文爲一緡。

〔三〕捶楚：古代刑罰，杖擊、鞭打。

〔四〕頞（音遏）：鼻梁。

吏言勿信

爲政中和，則百姓有所恃，雖不囑吏，其心不恐。故吏大

率多欲長官用嚴，嚴則人畏其不測，彼得乘勢以挾厚賂。如催科本寬，彼則獻説，曰：『今虧常賦若干。』寬則人玩而弗輸。故長官之信吏者，必轉而爲嚴。及彼得賂，則催科遲滯，而彼亦不問矣。期限本寬，彼則獻説，曰：『是民俗素頑。』寬則人玩而不畏。故長官之信吏者，必轉而爲嚴，及彼得賂，則期限違戾，而彼亦不問矣。故凡吏有獻説者，須察其可行，不可遽聽。要在寬嚴適中，則亡弊矣。

時加警察

治一縣者，須一縣事皆在胸次；治一州者，須一州事皆在胸次。蓋州縣事繁，易至遺忘，留意者曉卧多不安枕，常反復致思：今日有某訟事，當若何剖决；上司有某限期，當若何報

聞；禁繫〔一〕有何人當釋，財賦有何色當解。晨出則擇要緊者記録于牌，置之坐隅，起處以對，仍掌以廳吏，隨畢隨銷，暮則呈其所記，未畢者録于次日。當公退無事，又時時警省，則政事無廢弛，期限無違戾，禁繫無冤民，賦財無稽緩，而公家事辦矣。

選注：

〔一〕禁繫：監禁。

晨起貴早

被底放衙，昔者嘗以爲戒。凡當繁劇，要須遇鷄鳴即起，行之有常，則凡事日未昃俱辦，而一日優游閑暇矣。倦于起早，或遇賓客過從，往來迎送，奪其日力，則一日之事俱不辦。一日之事不辦，則明日之事益多。況凌晨神氣清爽，心無昏亂，故早起亦爲官第一策。昔魯文伯母，言卿大夫一日勤事之節，曰朝考其職。然則古人亦審此久矣。

事無積滯

公事隨日而生，前者未決，後者繼至，則所積日多，坐視廢弛，其勢不得不付之胥吏矣。凡文書之呈押與訟事之可剖決者，要當隨日區遣，無致因循。行之有準，則政有條理，事無留滯，終于簡静矣。

情勿壅〔一〕蔽

受狀當有定日，否則，門禁稍嚴，或被劫奪急投追捕，或因垂命急欲責詞，或被重傷急欲驗視，多阻于閽人，而情不得達。

兼有倦于出廳者，吏羅鷟行，終日抱成案伺于階前，幸其一出，紛拿呈押。或復憚其繁冗，往往漫不加省，不過隨其手摘，俾首書字而已。民何賴焉？公廳叙袒[二]非宜，宜于公廳之側，闢一室通內外，聽訟于斯，飲食于斯，讀書染翰[三]于斯，嚴戒閽人，俾民吏凡有警者，非時皆許直造，則情無壅蔽，事無稽滯。若盡居于內，俾吏民欲見其面而不可得者，誠當官之大戒。

選注：

[一]壅：蒙蔽。《楚辭·九章·惜往日》："卒沒身而絕名兮，惜壅君之不昭。"

[二]叙袒：此處指穿便服。

[三]染翰：作文。

四不宜帶

親隨僕，若醫、卜，若僧、道四者，俱不宜帶。夫彼之隨來，其意必有所覬，人見其親密，往往有掌附事，多端轉囑之。彼固自知其不敢言，然意在圖利，不可不設辭以相誑，或僥幸偶中，則人必以爲真。此輩通關節不中，則取賂，至認在我，無以自明矣。況親隨僕置之于中門之內，則往來之亡禁，妾婢之交雜，誠爲難防；置之于外，則入酒肆，游妓館，交通吏民，無所不至。誠不若不帶之爲善。

三不行刑

一我醉，二彼醉，三羸疾[一]。蓋我醉而行刑，則易至過誤，傍觀必以爲使酒。彼醉而行刑，則醉中忿怒不知守分，或無理過其，則事干刑憲，難于施行。羸疾者多因監繫日久，飲食不時，僅存皮骨，若遽加刑，必有斃于杖下者，須資以飲食，俟其稍蘇，然後杖之。其他如夜不行刑，病不行刑，有法令在。

選注：

〔一〕羸疾：瘦弱。

俸給無妄請

俸給茶湯有定制，職田添支有定例，其間有非所當得者，往往前後循襲冒請，不知其非。要當于始至之日，一一稽考，受其所當受，無事徇利。

防市買之欺

始至之日，必密訪市之物價。如官價有虧，則從市價。晨起量其所買，先以錢給買者，仍書于牌，俾視錢付物，毋得賒

鬻。所用權衡之屬，務在公平。過重，則買者不過强取于市而已。旬日若月終，又須刷其虧欠之有無，不然，則彼得以恃勢爲奸矣。

怒不可遷

今日爲官者，事之不如人意十常八九。或公家事偶拂其意，或閨門之內方有私忿，怒見顔面，臨事乘勢，將亡辜人决撻，以泄怒氣，是遷怒也。故當怒時，必持之以寬，忿怒既消，心平氣和矣。

盛怒必忍

人有咆哮非禮，大拂乎吾意者，須且置之囹圄，優游和緩，處之以法。若一時乘其暴怒而痛加捶楚，必求快意而後止，則

恐至過傷，悔之亡及。

疑事貴思

官司凡施設一事情，休戚繫焉，必考之于法，揆[一]之于心，了無所疑，然後施行。有疑必反復致思，思之不得，謀于同僚。否則寧緩以處之，無爲輕舉，以貽後悔。

選注：

[一]揆（音魁）：揣度之意。

勿聽私語

廳吏有所求不如意，或受人私囑將以中傷乎人者，知其不可明言，乃于長官啓處之側自相告語，令其聽聞，往往有不察其實，遽將無辜人捶楚以中奸計者。甚有其言先入，而終不可解者，不知無故之語必有其故，豈可遽信？

勿差人索迓[一]

閑居驅役私僕，往往多酬以索迓，至則吏輪備飲食，行則裒[二]金以與之，雖云有例，然先聲已不佳矣。邇來官所多以是預占新官之賢否。況代者失歡，多起于來者欲速，去者欲緩，彼此失體。故瓜期既近，合俟見任交代，先通訊。不然，則或宛轉寄音，或批付典吏，若非愆期，不宜輒差人。

選注：

[一]迓（音訝）：迎接。

[二]裒（音掊）：聚之意。

判狀勿遂偏詞

訟者之詞，大率自掩其過而歸咎于人，甚至鑿空撰造，以欺有司。若今日甲訟乙，輒遂偏詞，以甲爲是，明日乙訟甲，又還偏詞，以乙爲是，迨二詞并至，而吾之所判，已矛盾矣。故判狀勿遂偏詞，必得活法。若其詞無理者，不加詰問，則投狀者必多。一狀之出，牽聯追逮未至有司，而其擾已甚矣。兼有一等無圖人，本欲脫狀，牽擾良民，覓賂休和，其實不敢對辯。故覽其詞無理，必反復窮詰，灼無可疑，則勿受，斯妄詞者寡，而良民得以安居。未見情實，不若平辭而判，俟二競俱至，然後剖決未晚。成周大司寇[一]以兩造禁民訟，呂刑兩造具備，而後師聽五辭，蓋懼其以偏詞定曲直也。

選注：

[一]成周大司寇：成周，西周時期的東都，東周時爲王都，亦稱洛邑。大司寇，西周時期的官職，負責實施法令，輔佐周王行使司法權。

判狀勿多追人

訟者，元競本一二人，詞類攀競主之兄弟父子，動輒十數人，甚至與其夫相毆而攀其妻爲證，與其父相毆而攀其女爲證，意在牽聯人數，陵辱婦女，輒謂得勝。若不自我點追，而一付之于吏，則吏必據狀悉追，亡一人得免。卒輩追一人則有一人賂，執判在手，引帶器皿數輩，各曰家人，騷動乞覓。雞犬一空。稍不如意，則哀號滿道，未至有司，其家已破矣。故必量事之緩急輕重，如大辟劫盗之屬，緩則逸去，勢須悉追。餘如婚田、鬥毆之訟，擇追緊切者足矣，婦女非緊切勿追。

示無理者以法

官僚胥吏，明法尚寡，小民生長田野，朝夕從事于犁鋤，目不識字，安能知法？間有識字者，或誤認法意，或道聽途説，輒自以爲有理。至謀于能訟者，率利其有獲，惟恐不争，往往多甘其辭以誘之，故彼終于傷肌膚、破家産而不知悔。原彼之意，蓋自以爲是耳。使自知其無理，何苦于争？亦嘗念愚民之亡知，兩造具備，必詳覽案牘，反復窮詰。其人果無理矣，則和顔呼之近案，喻之以事理，曉之以利害，仍親揭法帙以示之，且析句爲之解説。又從而告之曰：『法既若是，汝雖訴于朝廷，

俱不出是耳。使今日曲法庇汝，异時終于受罪。汝果知悔，當從寬貸〔一〕，不知悔，則禁勘〔二〕汝矣。』稍有知者，往往翻然自悔，或頓首感泣以訴曰：『某之所争，蓋人謂某有理耳。今法果如是，某復何言？』故有誓願退遜而不復競者。前後用此策以弭訟者頗多。如頑然不知悔，始置之囹圄，盡法而行，自後往往不從勸諫者蓋寡，如不先委曲示之以法，而驟刑之，彼猶以爲無辜而被罪，宜其争愈力而不知止。

選注：

〔一〕貸：寬恕之意。

〔二〕勘：調查、查問。

勿萌意科罰

凡訟至有司，不宜先萌意科罰。蓋萌意科罰，則或發富家之陰私，或牽聯富家之婦女者，往往以為奇貨，其心必喜。喜則行之必嚴，追逮必果，其事本細，張皇成大，指顧〔一〕可以破人之家。殊不知建官設吏，本為理民曲直耳。今不問曲直而利于取財，以破人之家，于心寧無愧？于君寧無負？于幽明寧無責？可不戒哉！

注釋：

〔一〕指顧：一指一顧之間，形容時間短暫。

面審所供

吏輩責供，多不足憑。蓋彼受賂，所責多不依所吐，往往必欲扶同牽合，變亂曲直。山谷愚民目不識字，吏示讀不實，若還所供輒斷，而不面詰之，則貧弱之民，無辜而受罪矣。凡吏呈所供，必面審其實，如言與供同，始判入案；或言與供異，須勒再責。若供不當廳而令其干詞，則豪強之人，教唆之徒，公然據詞案而坐，指揮吏胥，變亂情節，善良之人，有冤無告矣。

呈斷憑元供

二競者之詞，悉見于親供，或憚案牘之繁，不暇遍覽，將結斷時，案吏則以案具始末情節引呈，蓋欲便于觀覽也。不知甲乙對競，甲之賂厚，則吏具甲之詞必詳；乙之詞雖緊要者，亦且節去，以此誤長官之判多矣。既有元詞，自當詳覽，以定曲直，又具情節，適為贅耳。

詳閱案牘

理斷公訟，必二競俱至，券證齊備，詳閱案牘，是非曲直，了然于胸次，然後剖決。蓋人之所見有偏，若憚案牘之繁，倦于詳覽，遽執偏見，自以爲得其情，而輒剖決者，其過誤多矣。

詳審初詞

訟者初詞，姓名年月節目，必須詳覽。蓋案牘動至數萬言，雖若繁夥[一]，然大率不出乎初詞。儻後詞與前异，前詞所無，而其後輒增者，皆爲無理。若夫獄囚所招，則先隱其實，旋吐真情，又不可例憑初詞。

選注：

[一]夥（音火）：盛多貌。《後漢書·張衡傳》：『不耻禄之不夥，而耻智之不博。』

通愚民之情

健訟之民，朝夕出入官府，詞熟而語順，雖譊譊獨辯，庭下走吏，莫敢誰何。良善之民，生居山野，入城市而駭，入官府而怵，其理雖直，其心戰惕，未必能通。若又縱走吏輩訶遏之，則終于泯默受罪矣。凡聽訟之際，察其愚樸，平昔未嘗至官府者，須引近案，和顔而問，仍禁走吏無得訶遏，庶幾其情可通。

交易不憑鈔

田産典賣，須憑印券交業。若券不印，及未交業，雖有輸納鈔，不足據憑。蓋白券可僞造，賦税可暗輸。昔劉沆[一]丞相知衡州，時有大姓尹氏，欲買鄰人田莫能得，鄰人老而子幼，

乃僞爲券。及鄰人死，即逐其子，訴二十年不得。直沆至又出訴，尹氏出積歲所收户鈔爲驗，沆不憑鈔，而詰其元買非實，始服罪。事有適然類此者，宜加察焉。

選注：

［一］劉沆：北宋時人，宋仁宗時爲參知政事、同中書門下平章事，爲人知人善任，匡正時弊，以『長于吏事』著稱。

誣告結反坐［一］

近世風俗，大率初入詞，輒以重罪誣人者，不可不察。如白日相毆于路，則必誣曰劫奪；入于其家而相競，則必誣曰搶劫；與其婦女交爭，則必誣曰强奸；墳墓侵界，則必誣曰發掘骸骨。似此類，其真實者，豈可謂無？但鑿空假此，以爲詞訟之常談者，可怪耳。甚至公然以大辟［二］誣人，略不知懼。且有一人病且死，與甲初無預，而甲妄認親屬誣乙毆死，乙固知其無罪，然事屬大辟，有司不敢不受，勢須委二官檢覆。吏胥之追求，里保［三］之乞覓，一鄉騷然。幸值明有司早得脱，而其家已破矣。或吏用事，置之縲紲［四］，卒未得直。故良善畏事之家，往往多厚賂求休息，爲甲者無故而獲千金，故鄉俗目之曰經紀。萬一乙不賂，至有司淹延日久，窮見實情，甲之罪不過杖一百耳。蓋縣家凡一事解郡，所費不貲［五］，或郡吏求疵疏駁，罪反及身。故縣家多從末減，此風所以滋長而無忌憚也。似此誣告，必先勒結反坐，果誣，必結解盡法而行，庶懲一戒百，內有畏反坐者，輒令老人婦人入詞，故老人須追子，婦人須追夫，同給反坐後追究。

選注：

〔一〕反坐：指對誣告者處以刑罰。

〔二〕大辟：古代五刑之一，即死刑。

〔三〕里保：在鄉里爲官府辦差之人。

〔四〕縲紲：本爲捆綁犯人的繩索，此處借指監獄。

〔五〕貲：計量。

禁告訐擾農

頑民健訟，事或干己，猶有可疑，事不干己，何不力徼？且冒占逃絕戶產，若匿不稅之類，在法固許人告，使告果得實，豈但追逮？奈有一等無圖之人，不務農業，當農事正急時，輒乘閒以此誣告，擾農民邀挾錢物。方其訴時，未必一一知其實，惟擇善懦或有鏹之家，泛然入詞，以僥幸其一中。且如告一戶冒占，畫一不下數十頃。有司追究不盡，則恐終不能絕詞；若悉追究，則牽連動是數十人，淹延動是數月。鄰保之追逮，鄉里之供證，一鄉騷然。良民業在務農，耕耘一失其時，則終歲饑餒，往往不憚厚賂以求和。或不賂，則至于有司窮究得直，彼不過負妄訴之罪，而被訴之家，所損已多矣。在法諸婚田之訟，自二月以後爲入務，今縣家多畏誣告者之健訟，兼或擇造經郡，若監司照判送下，往往未必入務。故不務農之人，得以乘其農急而規財，使務農者不得安業。要當候務開日追究，或繫郡若監司送下，亦宜具此利害申聞。

告訐必懲

鄉間之弊，莫大于奸民得志，而良民受害。夫安分之人，業在田畝，自幼至老，足未嘗躡官府，事切于己，尚隱忍不欲訟。其有不務農業、專事健訟者，欺其善懦，往往搜求其短，誣告挾賂。縣令不明，則吏置之獄，枝蔓追究，必破其家。縣令苟明，追證既備，罪有所歸，則誣告者懼罪，不待理斷而妄飾其詞，今日走郡，明日走監司，脱其轉送或索案，則又因循迤邐以幸脱矣。此奸民所以終于得志，而良民受害。故凡投詞，有事不干己者，必加懲治，無使脱判，以害良民。

請佃勿遽給

奸民密知人有産無契，若有契未印，若界至不明，輒詐作

逃絶乞佃。脱判會實，囑里正耆鄰，扶同誣申。案吏利其厚賂，不問是非，遽憑偏詞給據。彼既得據，輒争奪交業。固有今日方携據而去，而明日相毆而來，甚至殺傷者。有司追究，問之里正，則曰鄰人，問之鄰人，則曰里正，其實皆里正受賕，勒其爲鄰，而彼實不知。又或以佃者爲鄰，或以親戚爲鄰，故必反復得實，仍勒里正結罪保明，俟差鄰都再會。如不實，或續有人競，必先抵里正罪，庶知忌憚。

證會不足憑

鬥毆必追證，而證不可憑一人之詞；争界必會實，而會不可盡信耆鄰之説。蓋富者有賂，則可以非爲是；貧者無賂，則可以是爲非。專憑證會，則凡貧弱者皆無理矣。鬥毆之訟，必

察其人之强弱，情之是否；争界之訟，須令詳畫地形，考之契要，反復參究，必得其實，然後可决。

再會須點差

里正會實，受賕偏曲，或乞差鄰都再會。若憑吏擬差，或受賕再差，其親密則偏曲如初，卒不得直。故必自我點差，使之不測。

聽訟無枝蔓

詞有正訴一事，而帶訴他事者，必先究其正訴，外帶事須別狀。蓋聽訟不宜枝蔓，枝蔓則一事生數事，曲直混淆，追逮必繁，監繫必久。吏固以爲喜，而民乃以爲病矣。若夫枝派异而本同一事者，又不可以是論。

立限量緩急

立限寬嚴，必量事之緩急。不量緩急，而一切以緊行之，則緩急雜亂，承限者抵罪必多，勢不可久，其終必至于緊與緩者俱違戾矣。是以信牌之類不可常出，常出則人玩，惟上司緑匣追會及大辟强盗時出而用之，違者必懲。故人不敢慢，緩急可以辦事。

立限量遠近

催科若訟，常限須關佐官廳同一日，如一都、十一都、二十一都，則以初一日、十一日、二十一日，二都則以初二日、十二日、二十二日之類。非惟整齊無雜亂，易稽考，且里正户長，一月止三日在公，優閑多矣。時焉有上司追會，有大辟，有劫盗，

有冤抑者，不可拘常限，故不得已而用破限焉。破限必量地遠近。蓋遠鄉往返有四五百里者，若初限例與一二日追會不至而輒撻之，則是責人以其所不能也。里正受賂，詐以所追人出外，或病而妄申者，固其常矣，其間豈無實出外者？豈無實病者？必酌情而行，庶亡冤濫。

催狀照前限

里正領狀違滯，詞首[一]未免催限。蓋狀有常限，有破限，若再狀不照元狀日限，則前後限參差不齊，雜亂無據。故再狀必勒吏先照元展日限朱批于狀首，再判必同元限，則限無矛盾，易于稽考。如經久不至，則改緊限或信限以速之，庶幾有冤不至無告。

選注：

〔一〕詞首：指原告。

柵不留人

訟者始至填委，慮其逸去，多先置于柵。直柵者邀挾不如意，輒閉留終日，飢不得食，寒不得衣，遇盛暑，數尺之地，人氣充牣，多至疾病。要須于始至時，即監召保，勿得入柵關留。

察監繫人

二競干證俱至，即須剖決，干證未備，未免留人。承監人乞覓不如意，輒將對詞人鎖之空室，故爲飢餓，不容人保。又或受競主之賕，以無保走竄妄申，官司不明，輒將其人寄獄者多矣。凡承監須令即召保，不測檢察，如不容保，故爲鎖繫，必

懲治之。仍許親屬無時陳告，或果貧而無保，須度事之輕重，或押下所屬，追未至人。

里正副勿雜差

里正副分上下半月，本欲受差均耳。有合受上半月者，重難事，輒囑吏留于下半月，呈遺利賂，事本下半月合受者，輒作妨嫌，差上半月。苦樂不均，弱者受害。要當嚴分上下半月之禁，無得雜差，行之有準。雖曰兩年充役，實則一年。故人皆樂充，罕有爭競。在處里正事體雖不同，或有似此者，固當知也。

用刑須可繼

縣官追逮，多責里正。里正違初限，未可遽杖。且要緊事追人，初限五日不至，遽撻之矣。次限又不至，不再撻則益見緩慢，而前杖爲虛設，再杖之則五日內杖瘡必未痊。非惟法所不許，兼恐過傷，罪在慘酷。故初限未至，不若量訊，或封案，或錮身，示以不測，不專用杖。蓋縣令之威，不過杖一百耳，用之未盡，則彼猶勉强以自逭[一]，遽盡用之，其如不可繼何？

選注：

[一]逭（音喚）：逃避。

戒諭[二]停保人

鄉人之訟，其權皆在聽信安停人，以爲有理則爭，以爲無理則止。訟之初至，須取安停人委保。內有山谷愚民，頑不識法，自執偏見不可告語者，要須追停保人戒諭，庶或息訟。

選注：

〔一〕戒諭：告誡訓諭。

執狀勿遽判

事有涉不法，恐异時有競而先欲張本者，輒多端脱判執狀，以爲异時交争之證。要當審其事之利害，未可輒判。如遺失契書之類，必究實；如婦人乞改嫁之類，必追會。果得實，然後坐條告示。其他非要緊執狀，判語須活，不可偏執。

緊限責病詞

狀乞責病者之詞，必其人垂死，若立限稍緩，未責詞而已死，無緦麻〔一〕以上親在傍，合委二官檢覆。非惟檢覆之官一出，鄰里騷然，兼格目〔二〕申憲司，寧無疏駁？要當榜示，許不拘早晚，披陳所判，須仰即往，不可如常限三日五日，恐稽緩，終

至委官擾擾矣。

選注：

〔一〕緦麻：喪服名，爲古時五種喪服中最輕的一種。『緦麻之親』指遠親。

〔二〕格目：指表册。

隨宜理債

官司有阿從〔一〕豪門者，凡債負不問虚實，利息過倍，一切從嚴追理，則豪民必至兼并，小民有冤亡告。又有矯是弊者，不問是非，一切不理，則豪民不敢貸。一遇歲饑，或新陳未接，小民束手，相視餓死，本欲恤之，而不知反以害之。要在平心遵法而行耳。

選注：

〔一〕阿從：阿附曲從。

受狀不出箱

出箱受狀，其間有作匿名假名狀投于箱中者，稠人雜遝〔二〕，莫可辨認。兼有一人因便投不要緊數狀，及代名數人者，要當于受狀之日，引自西廊，整整而入，至庭下，且令小立，以序撥三四人相續執狀，親付排狀之吏。吏略加檢視，令過東廊，聽喚姓名，當廳而出。非惟可革匿名假名之弊，且一人止可聽一狀，健訟者不得因便投數詞，以紊有司。

選注：

〔二〕雜遝（音沓）：众多、杂乱之貌。

判狀詳月日

覽狀必詳其發端月日。蓋事有要緊者，必即訴于公，經數月而後始入詞者，必非要緊，須詰其因何稽緩。如詞內隱其月日而不言者，必已經久，或在赦前，須令再供，然後施行。

籍緊要事

州縣一番受狀，少不下百紙，內不要緊者甚多，程限簿一概主之于吏，若欲一一親檢察，則精力不逮，緩急俱廢。要當擇事干緊要，若情有冤抑，若上司委送者，別籍置之。案明載日限，日率一閱，違滯則追，庶亡稽緩。

案牘用印

田産之訟，官司考之契要，質之鄰證，一時剖判，既已明

白。無理者心服無詞，有理者監繫日久，一得判輒歸，未必丐給斷憑，元案張縫，率不用印。數年之後，前官既去，無理者或囑元主案吏拆换，或賂貼吏竊去，兼主案吏若罷若死，輒隱匿詐言不存，彼乃依前飾詞妄争。有理者須執前判，無所考據，則前判皆爲虚設矣。凡事判案須即用官印，印縫仍候給斷憑訖始放。

無輕役民

公廨有傾則必修，有敝則必葺，無致因循頹毁，以貽後費。至利民之事，如建學校、開溝渠、築堤防、立城壁之類，必于農隙盡心力而爲之。若起臺榭、廣園沼，以爲無益之觀美者，力有未及，宜小緩。蓋勞民役衆，寧無怨嗟？和買竹木，寧亡騷動？在審其緩急輕重耳。昔盈川令政慘酷，惟專務造亭臺、書榜額爲美名，宜其爲遠近笑耳。

籍定工匠

役工建造，公家不能免，人情得其平，雖勞不怨。境内工匠，必預籍姓名。名籍既定，有役按籍而雇，周而復始，無有不均。若名籍不定，而泛然付之于吏，則彼得以并緣爲奸。本用一人，輒追十人，藝之精者，反以賂免，而不能者，枉被攀連不得脱。非惟苦樂不均，且建造未成，而民間已騷然矣。但置籍之始，須括得實，無使里正與夫匠首者因讎誣供，則其籍始可用耳。

示不由吏

凡親民之官，稍有知者，孰不欲平心以決事？然事有不得平者，蓋由奸豪居鄉，則殘虐細民，在公則劫持胥吏。訟至有司，胥吏奉承其意，惟恐或忤，以至以曲爲直，以是爲非。長官不明，不公者，則唯吏是從；間有公且明者，一切自出己見。彼之訟不勝，輒以胥役受賂，妄訴吏者多矣。吏何足恤，但奸民得志，吏益畏憚，小民之屈，愈不可伸。故凡吏呈事案，須先引二競人立于庭下，吏置案于几，斂手以退，遠立于旁。吾惟閱案有疑，則詢二競人，俟已判，始付吏讀示。蓋將以示其曲直不出于彼，非惟吏不得以詐取民財，且俾奸民無歸咎于吏而妄訴矣。

詳畫地圖

近吏初至，雖有圖經，粗知大概耳。眼[一]事之後，必令詳畫地圖，以載邑井都保之廣狹、人民之居止、道途之遠近、山林田畝之多寡高下，各以其圖來上，然後合諸鄉邑所畫，總爲一大圖，置之坐隅。故身據廳事之上，而所治之內，人民、地里、山林、川澤，俱在目前。凡有爭訟，有賦役，有水旱，有追逮，皆可以一覽而見矣。昔呂惠卿[二]雖不足言，觀其以居常按視縣圖，究知鄉村地形高下，爲治縣法，蓋亦有所見也。

選注：

[一]眼：昭看之意。

[二]呂惠卿：北宋政治家、改革家，支持王安石變法的中堅人物。

句口保証

縣道户口保伍，最爲要急。儻不經意，設有緩急，懵然莫知。始至須令諸鄉各嚴保伍之籍。如一甲五家，必載其家老丁幾人，名某，年若干；成丁幾人，名某，年若干；幼丁幾人，名某，年若干。凡一鄉爲一籍，其人數則總于籍尾。有盜賊則五家鳴鑼撾鼓，互相應援。或遇差役起夫、水旱賑濟，皆可按籍而知，誠非小補。

修舉火政

治舍及獄，須于天井之四隅各置一大器貯水，又于其側備不測取水之器。市民團五家爲甲，每家貯水之器各置于門，救火之器分置，必預備立四隅，各隅擇立隅長以轄焉。四隅則又總于一官，月終勒每甲各執救火之具呈點，必加檢察，無爲具文。設有緩急，倉卒可集。若不預備，臨期張皇，束手無策。此若緩而甚急者，宜加意焉。

禁擾役人

争役之訟，多起于縣家非泛科需[一]，期限嚴迫，不時鞭撻，兼吏輩每限過取，役未滿而家破，故力争以冀幸免。若盡絶非泛科需，量地遠近立限，凡事皆酌其輕重而少寬之，又嚴禁吏每限亡過取，則人樂其優恤，争先願充，又何競之云。

選注：

〔一〕非泛科需：指古時朝廷于常規賦税外，因臨時需要而徵收財物。

差役循例

差役素有則例[二]。如某都里正，元例差及税一貫文止，不

可輒差未逮一貫文者；如某保户長，元例差及税三百文止，不可輒差未逮三百文者。或及元則例之家，比向來頓減，止三家二家長充；而未及則例之家，有税力優厚可以任役者，又在隨宜更變。

選注：

〔一〕則例：依法令或成案作爲定例。

酌中〔一〕差役

物力既高，歇役且久，充役無辭，要其所争多起于税高，而歇役近者，則以輪差之法而糾税少歇役久之家。税少而歇役久者，則以歇役六年再差之法而糾税高歇近之家。有司牽制，多不能决。今若將歇役六年者輒再差，則此税高者長充，其餘

力能任役者，永得優閑，其害在上户矣。若將税及元則例人，周而復始，一概輪差，則税過五倍十倍者，充二年，而税少五倍十倍者，亦充二年，其害在下户矣。二者皆未均。要當以見行條法參物力高下，歇役久近，酌中定差。如税過數倍，歇役十餘年，則亦可以再差矣。不然，則且差税及元則例。歇役年深之家，其間有析産白脚物力及則例者，自合先充。

選注：

〔一〕酌中：適中、折中。

禁差役之擾

縣令不明，則吏因差役并緣爲奸。如差甲得賂，輒改差乙；差乙得賂，輒改差丙。本差一户，害及數家，争競擾擾，久

而莫定。故差役之先，必嚴責所差吏罪狀，如被差人有詞，則令供合充之家。當廳索差帳，與籍參究定差，無至再誤。如始差不當，必罪元差吏。

役須預差

在法役將滿，合先一月預差。蓋争競遷延，前者既滿，勢須與替，後者未定，烟火盜賊，誰任其責？須先一月勒吏詳審定差。如差已當，枝辭未伏，須令權就役，候追究有理，則將充過月日，與將來應役月日通理。

常平[一]審給

常平義倉，本給鰥寡孤獨、疾病不能自存之人。每歲仲冬，合勒里正及丐首括數申縣，縣官當廳點視以給，蓋防妄冒。然里正及丐首藉是以求賂，有賂非窮民亦得預，無賂雖窮民不得給。兼由丐首括數而得給者，往往先與丐首約當，給米時則分其半。疾病孱弱者不能行履，所給或盡爲丐首奄爲己有，不然亦裒常例，而丐者所得無幾矣。夫丐首强壯亡疾病，一家率數人蠶食于常平，而又强掠如是，其弊可不革哉！要當嚴禁其乞覓不公之弊。遇初冬散榜，令窮民自陳，庶幾常平不爲虚設。

選注：

［一］常平：古時調節米價的方法，築倉儲穀，穀賤時增價買進，穀貴時減價賣出。此處即指常平倉。《宋史·食貨志上》：『淳化三年，京畿大穰，分遣使臣于四城門置場，增價以糴，虚近倉貯之，命曰常平，歲饑即下其直予民。』大穰，即大豐收。

安養乞丐

歲饑，丐者接踵，縣無室廬以居之，往往窮冬嚴寒，蒙犯霜雪，凍餓而死者相枕藉于道矣。州縣儻能給數椽〔一〕以安之，豈不愈于創亭榭、廣園囿以爲無益之觀美乎？昔范公祖禹〔二〕奏乞增蓋福田院官屋以處貧民，至今爲盛德事。士大夫毋以爲緩而不加之意。

選注：

〔一〕椽（音船）：此處借指房屋。

〔二〕范公祖禹：即范祖禹。宋朝著名史學家。

收撫遺弃

凡任宅生字民之寄，要須視民如子。一人號呼，不得其所，當任其咎。且歲饑，遺弃孤幼于道者紛紛，不收而字之，何以爲民父母？凡周歲至四五歲者，未能自支持，徒知收撫，而不時時親檢察，其終必死耳。要當于要近處闢一室以處之，仍專責一二人眂養，而又時時親檢察，如撫己子焉，則所活必多。宅生字民之職，始爲亡愧。昔元魯山〔一〕所得俸禄，悉以衣食人之孤遺，天下至今稱之。

選注：

〔一〕元魯山：即元德秀，唐朝時人，曾爲魯山令。其學識淵博，品行極高，爲政清廉，譽滿天下。

月給雇金

縣有弓手、手力〔一〕役于公家，悉藉月給以爲衣食。縣家常

賦不辦，往往越數月不給，彼之仰事俯育、喪葬嫁娶，迫乎其身。弓手不過假捕盜鄉閭，執縛良民，騷擾百出；手力亦不過假監繫害民，以覓厚賂，實縣令有以致之。故財賦不辦，須措畫有方，若雇金須按月而給，蓋在我無虧于彼，彼或害民以陷于罪，懲治雖嚴，而亦無詞無怨矣。

選注：

〔一〕弓手、手力：弓手，古時兵役名目之一種，亦稱弓箭手。手力，古時官府中擔任雜役的差役小吏。《明夷待訪録·胥吏》：『宋時差役，有衙前、散從、承符、弓手、手力……弓手、壯丁以逐捕盜賊……手力、散從以供驅使。』

卷三

捕到人勿訊

大辟劫盗捕至之初，例于兩腿及兩足底，輒訊杖數百，名曰入門杖子，然後付獄。不知其在都保或巡尉司綿歷多日，飲食不時，飢餓羸弱，兼爲承捕人考掠，其傷已多。若不先驗以備不測，又從而酷訊之，往往至獄即病。方鞫〔一〕情狀，而其人或死矣。既死，合委官驗覆。若痕在致命，罪屬慘酷，至累終身。故始至須躬問大情，仍驗有無傷，始付獄，戒給飲食，然後鞫之。异時生殺，自有常憲，不必于其初輒酷訊之也。況捕至之初，罪辜未明，一例輒訊，异時推鞫無犯，追悔亡及。

選注：

〔一〕鞫（音局）：審問。

革囚病之源

囚之所犯自有常憲，死于非法，長官不得不任其咎。若縣道則多無囚糧，貧亡供送者，多責之吏。吏饘粥〔一〕自不給，往往經日不與，或與之微不能充飢，況又時加考掠，得疾以至于斃者多矣。兼囹圄不掃，匣櫪不潔，穢氣熏蒸，春夏之交，疫癘扇毒，至有負死囚接踵而出者，憲司歲計人多，罪何所逃？故貧亡供送者，官須日給米二升，以爲飲食。重囚則差人入獄監給，輕囚則引出對面給，庶免減克。當春則深其獄之四圍溝渠，蠲〔二〕其穢污，俾水道流通，地無卑濕，而又時時灑掃，使之潔净。嚴冬則糊其窗牖，給之襖襪，庶令温暖。盛暑則通其窗牖，間日濯蕩，由是疾病無自而生。惟時時留心檢察，是數者，亦庶幾古者欽恤之意。

選注：

〔一〕饘粥：稀飯。

〔二〕蠲（音涓）：清潔、潔净。

疑似必察

昔吴太子孫登〔一〕嘗乘馬出，有彈丸過左右，求之，適見一人操彈佩丸，咸以爲是，辭對不服，從者欲捶之。登不聽，使求過丸比之，非類，乃釋。蓋情有似是而非、似非而是者，苟其辭未伏，不可不審也。若辭已伏而涉疑似，亦未可輒信。蓋在囚日久，考掠不勝苦，亟欲出獄，不免誣伏。不察其實而輒結案以解，或已殺之後而真犯者敗，死者其可復生乎？昔薛奎[二]爲温州軍事推官，時有民常聚博僧舍。一日盜殺寺奴取財去，而博者四人適至，各以濺血污衣，遽驚走。邏者因捕送官，考訊，已引伏矣。奎獨疑之，請緩其獄，後數日果得殺人者。他如錢公若水[三]爲同州推官辨女奴事，向公敏中[四]在西京辨僧殺婦人事，皆已誣服，後平反其獄，亦世所稔[五]聞。史傳似此，不可枚數。凡事有涉疑似者，雖其辭已伏，亦須察之以緩，或于疑罪，須當從輕。古人要囚服念五六日，至于旬時者，蓋爲是耳。

選注：

【一】孫登：三國時孫權長子，禮賢下士。

【二】薛奎：北宋時人，性格剛毅篤正，爲政嚴敏清正，善解民疾，爲當時名臣。

【三】錢公若水：錢若水，北宋時人，爲人有器識，能斷大事。

【四】向公敏中：向敏中，宋代詩人、政治家。

【五】稔（音忍）：熟悉。

詳究初詞

昔劉公安世[一]謂宋若谷[二]治獄有聲，推曰獄貴初情，分牢處問而已。今之縣獄，初詞乃設之權輿[三]，郡獄悉還之以勘鞫。凡里正及巡尉解至犯人，多在外邀停，唆教變亂情狀，若縣令不介意而輒付之主吏，則受賕偏曲，一律供責，其後欲得真情難矣。如解至犯者十名，即點差拖案貼吏十名，各于一處隔問，責供頃刻可畢，内有异同，互加参詰。，既得大情，輕者則監，重者則禁，然後始付主吏。雖欲改變情款〔四〕，誣攤平人〔五〕，不可得矣。

選注：

〔一〕劉公安世：北宋官吏，以直諫聞名，時稱『殿上虎』。從學于司馬光。

〔二〕宋若谷：宋時人，曾任懷安軍判官。

〔三〕權輿：起始。

〔四〕情款：指真實情況。

〔五〕平人：此處指無罪之人。

入獄親鞫

吏胥之老成者，與百姓讎隙多已訴罷，見役類皆後生，不

歷世事，不識條法，惟知乞取贍家。今以大辟及强盗付之，則生殺在其手，豈亡冤濫？故凡獄事始至，須入獄親鞫，冀得真情。若經久，吏受賕，變亂其實，害及無辜必矣。

事須隔問

《書》云：『察辭于差。』蓋事之實者，不謀而同，凡有差者，皆非真情也。獄事須分處隔問，無令相通。衆説皆侔〔一〕，始得其真，如有矛盾，必反復窮詰。若付之于吏，聚干連人于一處，而泛然問之，則隨是隨非，衆口一律，不至誤入，必至誤出矣。

選注：

〔一〕侔（音牟）：相同，一致。

勿訊腿杖

訊杖，在法許于臀腿足底分受，然每訊不過三十而止。今人動輒訊至數百。蓋腿與陰近，訊多必釁作輒死。亦嘗親睹一官司訊人腿杖過百即死者，不可不爲深戒。

獄吏擇老練人

獄吏若以惡少年爲之，則不識三尺，考掠苦楚，必求厭所欲而後止。甚至終夜酷絣[一]囚于匣至死，而獄吏醉卧不知者。又有白日絣囚至重，旁無人守，已死而獄吏始知者，彼何所顧藉，得罪則在長官耳。故凡獄吏須擇老成更練者爲之。有合鞫訊，勒主吏持鞫囚歷取押，然後入獄，非時苦楚，切須嚴禁。

選注：

［一］絣（音崩）：用繩索捆綁。

不測[一]入獄

獄官不常詣獄，非惟獄吏自恣，將無辜人苦楚，且出外酣飲，傳寄消息。或聚衆吏在獄博戲，往來如逆旅，甚至重囚竄逸不知。須不測詣獄，索牌點視，庶有忌憚。

選注：

［一］不測：此爲出其不意之意。

病囚責出

獄官夜點獄時，或聞有呻吟之聲，必須翌旦亟命醫診視。果病，非大辟强盗，并權出之，令保人若親屬同視醫治，或無保若親屬，須責承監人安之旅舍。然旅舍多令卧于地，飲食不

時，病勢寖[一]加，必責其令寢于床，選良醫醫治，日以加減聞，仍責主案吏時時檢視飲食，或至不可救，在我無愧，而人亦無詞矣。

選注：

〔一〕寖（音進）：漸漸。

病囚責詞

獄吏受賕，或詐申囚病脱出，至實有病不得賂，反不即申，或死于獄，事屬不明，須嚴戒。有病即申，輕罪即出之，或病稍重，即委他官責詞。内有以無病詐申者，須親檢察。

病囚別牢

重囚有病，須別牢，選醫醫治，仍追其家屬看待。或有患瘡者，亦須別牢，時其濯洗，毋使與餘囚相近。蓋囚者同匣而卧，朝夕薰蒸，必至傳染。

檢察囚食

囚之二膳送于獄門，係司門者傳入。往往所求不滿意，輒故爲留滯，至令飲食不時，飢餓成疾。須專責獄典，檢察不測，親問内有無供送。而官給之糧者，獄吏早晚例以飲食當廳呈報而後給，然所呈皆文具，其實減克，所與無幾。當呈時，須差人依樣監給，無使減克，徒爲虚文。

遇旬點囚

囚在獄日久，考掠苦楚，飢餓病瘠，置之暗室，無由得見，旬日必出于獄庭之下，一一點姓名。且令繫于獄之兩廊，一則

病瘠可見，二則有不應禁者即釋之，三則令獄吏潔其牢匣，然後復入，不爲亡補。

獄壁必固

獄吏得囚賂，或夜縱其自便。重囚無路竄脱，或因飲水時，積漸以水潠〔一〕壁，浸漬泥濕，夜深則揭泥穴壁而出獄，吏莫知者，嘗有是事矣。故重囚夜卧，無令近壁，兼四壁須令板夾，仍堅其墻圍，有壞即整。

選注：

〔一〕潠：噴之意。

鞫獄從實

縲紲之下，何求而不得？若專尚威猛，考掠苦楚，勒其招

伏，彼不得已，雖一時面從，非惟异時翻异，罪在失入，况死者不可復生，命誰與酬？又有矯是弊者，一切不加考掠，專以輕罪誘其承伏。愚民不識法，苦于久繫，意謂果輕，亟欲出獄，往往誣服，其後却加以重罪，則是以甘言誘人入于死地也。故鞫獄不可專用威猛，亦不可誘以輕罪。惟察詞觀色，喻之以理，扣其實情，俾之自吐，則善矣。

健訟者獨匣

健訟之人，在外則教唆詞訟，在獄若與餘囚相近，朝夕私語，必令變亂情狀，以至翻异。故健訟者須獨匣，不可與餘囚相近。

二競人同牢

二競俱禁，若令別牢，則獄吏受富强之賂，公然傳狀稿，通信息，使之變亂情狀。不若俾主與之同匣。非惟互相譏察，猶有忌憚，且同匣日久，情或親密，解讎為和，亦息訟之一端也。

審囚勿對吏

主吏有勘囚招狀者，必戒其引問無翻異，囚畏不如所戒，必遭楚掠。若對吏引問，則囚必一一切誣服，不敢吐實。故引問時，需令主吏遠立，仍和言喚囚近案，反復窮詰，必得實情，始可信矣。昔胡文恭公〔一〕通判宣州，有死獄將抵罪，公疑之，呼囚以詰，囚憚楚，不敢言。公引囚辟左右復詰，方得其實。非文恭之精誠，鮮不誤矣。

選注：

〔一〕胡文恭公：即胡宿，文恭為其謚號。北宋仁宗、英宗兩朝為官，為人正直，寬厚待人。

夜親點獄

縣令有憚其夜點獄者，或分之佐官，或委之典吏，皆于法不許。若有過失，罪將誰歸？凡嚴寒盛暑，須躬入牢，逐一用漏照視，點姓名。或用鏁紐，有輕重其手者，亦可因而檢察。

勿禁人

不應禁人勿禁，若未欲訊決而權寄于獄，或係干證人，且當引對者，須出之。蓋法不應禁，或有不測，罪無所逃。若婦人當刑禁者，必先驗其有無孕，恐或墮胎，無以自明。

審記禁刑

禁刑日，或因事紛擾，吏失檢舉；或一時盛怒，倉卒忘記；或案吏結解，慮所屬責稽慢，先作檢舉，立斷罪虛案，置之案沓。當立虛案時，往往所用日印不照禁刑之日，或被檢察，罪不可逭[一]。故遇禁刑須大書于牌，置于目前，庶幾目擊，不至過誤。

選注：

〔一〕逭（音换）：赦免。

革盗攤贓

盗者平時與人有隙，或受吏唆教，類以寄贓誣平人。平人憚其禁對，不敢辯，往往輒買贓賠償。官司見所納如數，意謂得其實，不知悉非本物。夫平人典質衣襦賠償，以中盗賊復讎之奸計，其屈已甚矣。况吏得賂，則俾認爲真贓，不得賂，又以非元贓而追逮，其苦豈可勝言哉？必須親鞫得實，然後追索。

罪重勿究輕

諸鞫重罪大情已明者，其餘輕罪，并據招結款追究，載在令甲，非不明白。邇來州縣多不奉行，切宜留意。

之下，又有的推收。自知欺弊已甚，惟其核究，則又故爲草書偏輒注云誤收，既推矣，續受圖輒注云誤推。或干誤推收一項，不見其多，或續再推一項，亦不見其寡。況既收矣，續受計數若干。惟無令計總數，故鄉典受賕，隨時更改，或續添收目。或者不然，夏秋稅籍，止載某戶收若干，推若干，不總結令項注某月某日某號鈔納若干。遇點追揭，籍欠之多寡，曉然在目。

整齊簿書

縣道財賦，本源全在簿書。鄉典奸弊，亦全在簿書。大率縣邑賦籍，每戶折色(二)必據稅總數而科。如某戶元稅若干，收若干，令總計若干，然後合科折色某物若干，運輸即于折色。每違戾限期矣。

畫月解圖

縣事之初，須計一歲所入之數與所出之數有無虧贏，有虧則公勤措畫。常賦月解須書爲圖軸，置之坐右，朝夕以對，已解者隨即朱銷。故色色財賦，舉目可見，必不至于懵然不知能時時檢校滲漏，無有不給。

廉則財賦給

有一邑之土地，斯有一邑之常賦；有一州之土地，斯有一州之常賦。或至匱乏者，多起于守宰之不廉。蓋守宰廉，則吏爲欺弊，猶有忌憚。守宰不廉，則己盜其一，吏盜其十，上下相縱，恣爲欺隱，其終未有不至匱乏者。故理財當以廉爲先，又

小字，令人不可曉會。兼甲乙交易，甲已推而乙不收，乙已收而甲不推者，比比皆是，惟無今計總數。故所敷折色與税之多寡不相應，是以財賦走失，不可勝言。而差役無憑，習以成風，恬不爲怪。更加數年，則有賦者亡産，有産者亡賦，不可稽考矣。必須于賦籍勒一一大字，楷書今年某户税元數，必照與去年今計總數同。仍于今年推收之後，總結一今計實數，折色則據今計數而敷。總數之下，斷不許改易添注。凡有收者必照推，有推者必照收，故推收有準，折色與税始相當，而財賦無走失矣。

選注：

〔一〕折色：古時將所徵田糧折價徵銀鈔布帛或其他物産，稱爲折色。

關并詭户

今之風俗，有相尚立詭名挾户者，每一正户率有十餘小户，積習既久，不以爲怪。非惟規避差科，且綿歷年深，既非本名，不認元賦，往往乾收利入己，而毫毛不輸官者有之。蓋詭名挾户，鄉典悉知，須勒從實關并，則賦不至走失，而差科均矣。

追税先銷鈔

二税之輸，簿廳不即憑官鈔銷籍，异時按籍而追，至有已輸而枉被擾者。凡未追之前，須勒鄉典以官鈔銷籍净盡，結罪保明實欠，然後點追。

揭籍點追税

頑民違省限，不輸官物，未免點追。若縣令不親揭籍，惟憑吏具數呈點，故多者以賂獲免，而所追者無非貧弱矣。蓋人户挂欠之多寡，具在省籍，要當親揭點追，毋令具數，庶幾均平。

收支無緩

官司收支必分委佐官，凡一日賦財出入之數，詳給文歷，既晚不可復請官。若錢在吏手多，輒令設法于當日晚權收于外櫃，差吏一名照數點入，用鑰封記，翌早即請官監入庫，無至因循。又旬終須計見存數委官點視，庶無[一]。

選注：

[一]原注：按此下原本有闕文。

帑[一]吏擇人

帑吏必擇信實老成人，仍召有物力者委保。蓋賦財繁夥，用之非其人，或至盜用，無可追理，异時不過誣攤平人。有司不令均償，則彼亡所從出，官帑有虧；若令均償，則擾及亡辜。要須防之可也。

選注：

[一]帑：音躺。收藏錢財的庫房。

搜求滲漏

長官日困于應酬，賦財文書，凡目既多，往往不暇詳究，兼前後交承，首尾不相應，以至滲漏者甚多。或支數與收數不同，細數與總數有异，或上歷支解而復收入已，或已解及數而

水，謂若外領外，其餘有雜稅或雜斛之類，不若止令就倉輸，關謂退米再輸，受納官既不能一一辨認，徒見出入擾擾耳。故除雜數十石至百石，豈能盡易別米入納？不過變易姓名，復將輸納苗米，不中則退而弗受，蓋欲其換納耳。然所退輒復，根究施行。

輸，翌日印給。如苗鈔不即給，夏稅鈔翌日不給，許其不時執緣干無執手者。若夏稅則尺寸奇零，鈔數繁多，必難一日所本廳印給，亦必令吏收鈔自給。蓋遠鄉之民，固有因循不取，受苗每名數足，隨即印鈔，面還人户，毋致出倉。其鈔于

當廳給鈔

[一]原注：按「給」系「下原本闕文。

官箴

（宋）吕本中

當官之法，唯有三事：曰清、曰慎、曰勤。知此三者，可以保禄位，可以遠耻辱，可以得上之知，可以得下之援。然世之仕者，臨財當事，不能自克，常自以爲不必敗，持不必敗之意，則無所不爲矣。然事常至于敗而不能自已。故設心處事，戒之在初，不可不察。借使役，用權智，百端補治，幸而得免，所損已多，不若初不爲之爲愈也。司馬子微[一]《坐忘論》云：『與其巧持于末，孰若拙戒于初。』此天下之要言，當官處事之大法，用力簡而見功多，無如此言者。人能思之，豈復有悔吝耶？

事君如事親，事官長如事兄，與同僚如家人，待群吏如奴

僕，愛百姓如妻子，處官事如家事，然後爲能盡吾之心。如有毫末不至，皆吾心有所未盡也。故事親孝，故忠可移于君；事兄弟，故順可移于長；居家理，故事可移于官。豈有二理哉！

當官處事，常思有以及人。如科率[二]之行，既不能免，便就其間，求其所以使民省力，不使重爲民害，其益多矣。不與人争者，常得利多；退一步者，常進百步；取之廉者，得之常過其初；約于今者，必有垂報于後。不可不思也。惟不能少自忍者必敗，此實未知利害之分、賢愚之别也。

予嘗爲泰州獄掾[三]，顔岐夷仲[四]以書勸予治獄次第，每一事寫一幅相戒。如夏月取罪人，早間在西廊，晚間在東廊，以辟日色之類。又如獄中遣人勾追[五]之類，必使之畢此事，不可

更別遣人，恐其受賂已足，不肯畢事也。又如監司郡守嚴刻過當者，須平心定氣，與之委曲詳盡，使之相從而後已。如未肯從，再當如此詳盡，其不聽者少矣。

當官之法，直道爲先。其有未可一向直前，或直前反敗大事者，須用馮宣徽惠穆秤停之説〔六〕。此非特小官然也，爲天下國家當知之。

黄兑剛中〔七〕嘗爲予言：頃爲縣尉，每遇檢尸，雖盛暑亦先飲少酒，捉鼻親視，人命至重，不可避少臭穢，使人横死無所申訴也。

范侍良育〔八〕作庫務官，隨人箱籠，祇置廳上，以防疑謗。凡若此類，皆守臣所宜詳知也。

當官既自廉潔，又須關防小人。如文字曆引之類，皆須明白，以防中傷，不可不至慎，不可不詳知也。

當官者，難事勿辭，而深避嫌疑，以至誠遇人，而深避文法。如此，則可以免。

前輩常言：小人之性，專務苟且。明日有事，今日得休且休。當官者，不可徇其私意，忽而不治。諺有之曰：『勞心不如勞力。』此實要言也。

徐丞相擇之嘗言：『前輩盡心職事。』仁廟朝有爲京西轉運使者，一日見監窑官，問：『日所燒柴凡幾竈？』曰：『十八九竈。』曰：『吾所見者十一竈，何也？』窑官愕然。蓋轉運使者晨起望窑中所出烟幾道知之。其盡心如此。

前輩嘗言：吏人不怕嚴，祇怕讀。蓋當官者詳讀公案，則情僞自見，不待嚴明也。

當官者，凡异色人[九]皆不宜與之相接，巫祝尼媪之類，尤宜疏絶，要以清心省事爲本。

後生少年乍到官守，多爲猾吏所餌，不自省察，所得毫末。而一任之間，不復敢舉動。大抵作官嗜利，所得甚少，而吏人所盗不貲矣。以此被重譴，良可惜也。

當官者，先以暴怒爲戒。事有不可，當詳處之，必無不中。若先暴怒，祇能自害，豈能害人？前輩嘗言：『凡事祇怕待。』待者，詳處之謂也。蓋詳處之，則思慮自出，人不能中傷也。

嘗見前輩作州縣或獄官，每一公事難决者，必沉思静慮纍

日，忽然若有得者，則是非判矣。是道也，惟不苟者能之。

處事者，不以聰明爲先，而以盡心爲急；不以集事爲急，而以方便爲上。

孫思邈[一〇]嘗言：『憂于身者，不拘于人；畏于己者，不制于彼；慎于小者，不懼于大；戒于近者，不侈于遠。如此[一一]，則人事畢矣。』實當官之要也。

同僚之契，交承之分，有兄弟之義，至其子孫，亦世講之。前輩專以此爲務，今人知之者，蓋少矣。又如舊舉將[一二]及，舊嘗爲舊任按察官者，後己官雖在上，前輩皆避坐下坐。風俗如此，安得不厚乎？

叔曾祖尚書，當官至爲廉潔。蓋嘗市縑帛，欲製造衣服，

召當行者取縑帛，使縫匠就坐裁取之，并還所直錢與所剩帛，就坐中還之。滎陽公〔一三〕爲單州〔一四〕，凡每月所用雜物，悉書之庫門，買民間，未嘗過此數，民皆悦服。

關沼止叔〔一五〕獲盗，法當改官，曰：『不以人命易官。』終不就。賞可謂清矣，然恐非通道，或當時所獲盗有情輕法重者，止叔不忍以此被賞也。

當官取傭錢、般家錢之類，多爲之程，而過受其直，所得至微，所喪多矣。亦殊不知此數亦吾分外物也。

當官者，前輩多不敢就上位求薦章，但盡心職事，所以求知也。心誠盡職，求之雖不中，不遠矣。未有學養子而後嫁者也。當官遇事，以此爲心，鮮不濟矣。

畏避文法，固是常情，然世人自私者，常以文法難任，委之于人。殊不知人之自私，亦猶己之自私也。以此處事，其能有濟乎？其能有後福乎？其能使子孫昌盛乎？

當官處事，務合人情，忠恕違道不遠，觀于己而得之，未有捨此二字而能有濟者也。嘗有人作郡守，延〔一六〕一術士，同處書室。後術士以公事干之，大怒叱下，竟致之理，杖背編置。招延此人，已是犯義，既與之稔熟而干以公事，亦人常情也。不從之足矣，而治之如此之峻，殆似絶滅人理。

嘗謂仁人所處，能變虎狼如人類。如虎不入境不害物、蝗不傷稼之類是也。如其不然，則變人類如虎狼。凡若此類，及告訐中傷謗人，欲置于死地是也。

唐充之廣仁[一七]，賢者也，深爲陳、鄒二公[一八]所知。大觀、政和間，守官蘇州。朱氏方盛，充之數刺譏之[一九]。朱氏深以爲怨，傳致[二〇]之罪。劉器之[二一]以爲充之爲善，欲人之見知，故不免自异，以致禍患，非明哲保身之謂。

當官大要，直不犯禍，和不害義，在人消詳斟酌之爾。然求合于道理，本非私心專爲己也。

當官處事，但務着實。如塗擦文書，追改日月，重易押字，萬一敗露，得罪反重，亦非所以養誠心事君不欺之道也。百種奸僞，不如一實；反覆變詐，不如慎始；防人疑衆，不如自慎；智數周密，不如省事。不易之道。事有當死不死，其詬有甚于死者，後亦未免死。當去不去，其禍有甚于去者，後亦未必得安。世人至此，多惑亂失常，皆不知輕重義之分也。此理非平居熟講，臨事必不能自立，不可不預思。古之欲委質事人，其父兄日夜先以此教之矣。中材以下，豈臨事一朝一夕所能至哉！教之有素，其心安焉，所謂有所養也。

忍之一事，衆妙之門。當官處事，尤是先務。若能清、慎、勤之外，更行一忍，何事不辦！《書》曰：「必有忍，其乃有濟。」此處事之本也。諺曰：「忍事敵灾星。」少陵詩云：「忍過事堪喜。」此皆切于事理，爲世大法，非空言也。王沂公[二二]常說：「吃得三斗釅醋，方做得宰相。」蓋言忍受得事。

劉器之建中崇寧初知潞州，部使者觀望治郡中，事無巨細，皆詳考然，竟不得毫髮過。雖過往驛券，亦無違法予者。

部使者亦嘆伏之。後居南京，有府尹取兵官白直〔二三〕點磨〔二四〕，他寓居無有不借禁軍者，獨器之未嘗借一人。其廉慎如此。

故人龔節亨彦承〔二五〕，嘗爲予言：『後生當官，其使令人無乞丐錢物處，即此職事可爲；有乞丐錢物處，則此職事不可爲。』蓋言有乞丐錢物處，人多陷主人以利，或致嫌疑也。

前輩嘗言：『公罪不可無，私罪不可有。』此亦要言。私罪固不可有，若無公罪，則自保太過，無任事之意。

范忠宣公〔二六〕鎮西京，日嘗戒屬官：『受納租税，不要令兩頭探。』或問：『何謂？』公曰：『賢問是也。不要令人户探官員等候受納，官員不要探納者多少，然後入場。此謂兩頭探。但自絶早入場等人户，則自無人户稽留之弊。』

選注：

〔一〕司馬子微：即司馬承禎，字子微，唐代道士。爲上清派茅山宗第十二代宗師，文學修養深厚。

〔二〕科率：見《爲官須知·重疊催科》注〔一〕。

〔三〕獄掾：主管刑獄之官署的屬吏。

〔四〕顔岐夷仲：此人曾從吕本中之祖父吕希哲游。

〔五〕勾追：追捕，拘捕。

〔六〕馮宣徽惠穆秤停之説：馮宣徽，即馮京，字當世，是宋朝最後一位三元及第的狀元。惠穆，即吕公弼，字寶臣，宋時人，爲吕本中之曾伯祖。《宋元學案》載馮宣徽稱吕公弼善秤停事，每事之來，必秤停輕重，莫使有偏，事經其處者，人情物理，無不允當。

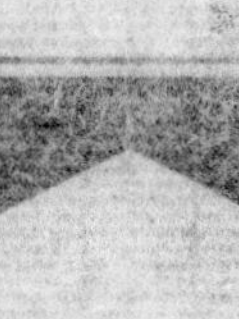

〔七〕黄兑剄中：此應指南宋著名主戰派大臣黄中。

〔八〕范侍良育：范育，宋神宗時人，曾爲户部侍郎。

〔九〕异色人：指邪僻、奇特之人。

〔一〇〕孫思邈：唐朝著名醫藥學家。

〔一一〕如此：應爲「知此」。

〔一二〕舊舉將：曾保舉過自己的人。

〔一三〕滎陽公：即吕本中之祖父吕希哲，北宋著名教育家，世稱滎陽先生。

〔一四〕單州：屬山東省。

〔一五〕關沼止叔：據《宋元學案》卷三五「關沼」應爲「關治」。關治，宋人，字止叔。

〔一六〕延：招請、接納。

〔一七〕唐充之廣仁：唐廣仁，字充之，曾監蘇州酒税務。爲人正直，能斷疑獄。

〔一八〕陳、鄒二公：陳瓘，北宋大臣，爲人謙和，不争財物，正直敢諫。鄒浩，北宋大臣，世稱道鄉先生。

〔一九〕「朱氏」句：朱氏指蘇州商人朱沖父子，以花石綱取寵。當時，很多官員争相趨奉朱氏，而唐廣仁却數次諷刺之，終被朱氏羅織罪名而罷官。

〔二〇〕傅致：羅織之意。

〔二一〕劉器之：即劉安世。見《州縣提綱·詳究初詞》注〔一〕。

〔二二〕王沂公：即王曾，北宋名臣。

〔二三〕白直：指官府中的額外吏役。

〔二四〕點磨：查核實數。

〔二五〕龔節亨彥承：龔節亨，字彥承，吕本中爲泰州掾時友。

〔二六〕范忠宣公：即范純仁，北宋大臣，范仲淹次子，人稱『布衣宰相』，謚忠宣。

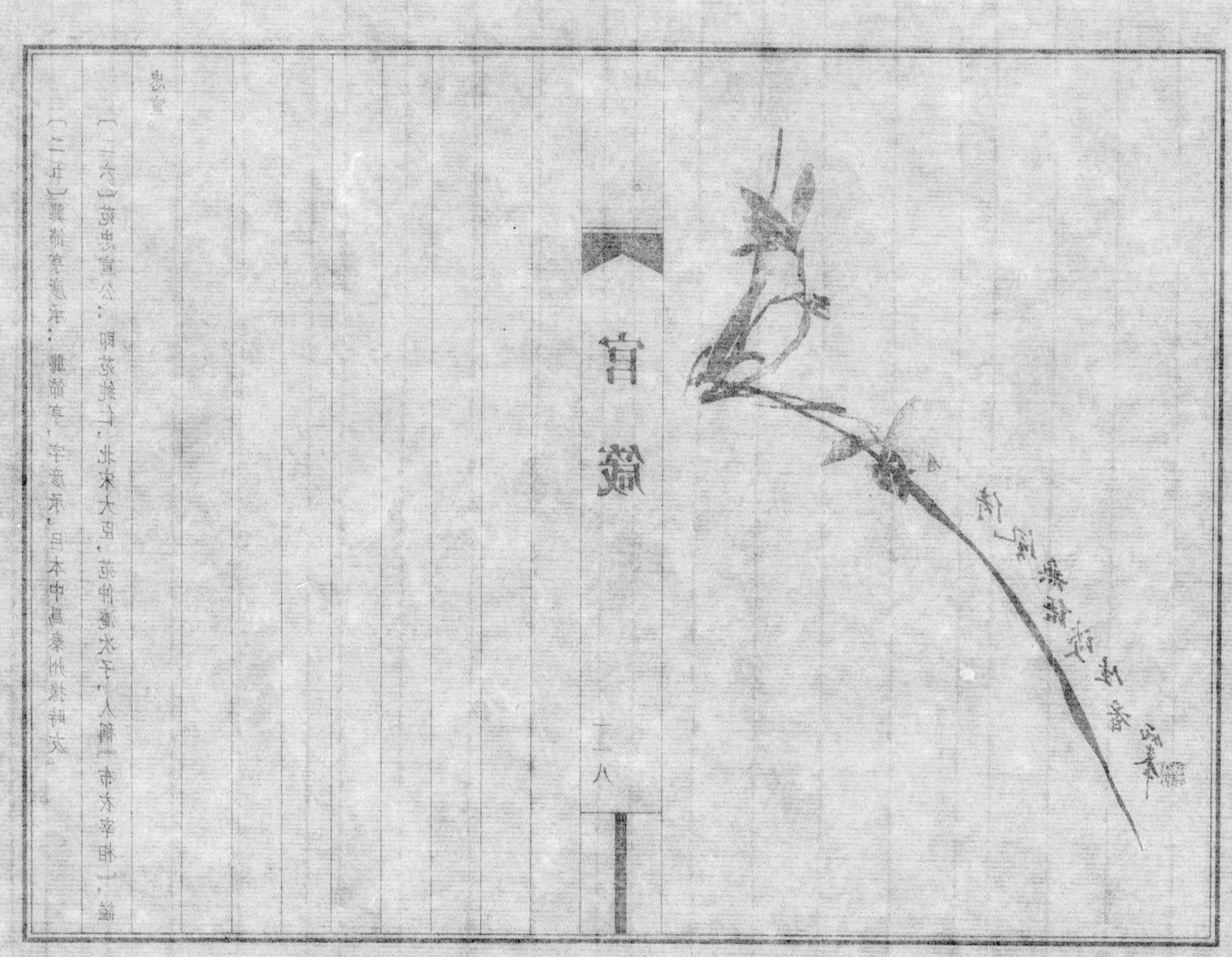